Rechen in Sprätseln

Rechen in Sprätseln

Nonsens zum Schmunzeln

Gesammelt und aufgeschrieben

von

Werner Hanitzsch

Bibliografische Information der Deutschen Nationalbibliothek:
Die Deutsche Nationalbibliothek verzeichnet diese Publikation
in der Deutschen Nationalbibliografie; detaillierte bibliografische
Daten sind im Internet über http://dnb.dnb.de abrufbar.

© 2019 Werner Hanitzsch
Satz, Umschlaggestaltung, Herstellung und Verlag:
BoD – Books on Demand, Norderstedt

ISBN: 978-3-7481-0614-2

Vorwort

Nonsens bedeutet »sinnlos« und das ist die richtige Deklaration für die nachstehende Geschichte.

In diesem Büchlein geht es nicht darum, etwas Wissenswertes oder Interessantes zu vermitteln, sondern nur um reine Unterhaltung.

Diese Geschichten sind einfach zum Schmunzeln. Aus diesem Grund habe ich diese Wortverdrehungen gesammelt und in diesem kleinen Büchlein mit passenden Geschichten zusammengefasst.

Ich wünsche Ihnen gute Unterhaltung!

Rechen in Sprätseln

(Sprechen in Rätseln)

Liebling würdest Du mir bitte mal meine Arbeitshosen reparieren, da geht dauernd der Knosenhopf ab. Am besten du machst dort einen Zummigug dran.

Ja Schatz, ich mach Dir das. Du schau mal aus dem Fenster, sag mal, schneit das etwa schon wieder?

Ja Du hast recht, aber ich kann nicht genau erkennen sind es Fleeschnocken oder Kagelhörner?

Also Schatz, ich muss jetzt trotzdem in die Stadt fahren, hoffentlich ist es nicht so glatt.

Ja Liebling, pass nur auf, dass Du Dir nicht wieder Deinen Flotkügel und Deinen Spückriegel beschädigst.

Ja, ja Schatz, ich pass schon auf. Hoffentlich hab ich nicht wieder solche Parkprobleme.

Na aber Liebling, mit Deinem floten Ritzer findest Du doch leicht eine Larkpücke.

Sag mal Schatz, Müllers von nebenan sind wohl schon wieder verreist?

Ja, leider Liebling. Nun muss ich wieder dauernd die piesigen Rakete reinschleppen.

Weißt Du was Schatz, wir können zwar nicht verreisen, aber wir machen uns trotzdem ein paar schöne Tage.

Ja Liebling, wir gehen ins Beifrad und machen es

uns auf der Wiegeliese bequem. Am Abend dann, machen wir einen Badtstummel. Da kann ich mir unterwegs auch mal ein schönes Starweiner oder Bomkracher genehmigen. Und weist Du, bevor nun unsere Witterflochen zu Ende sind, gehen wir noch in die Oper. Ich werde auch meine Puhe mit Cruhscheme schutzen. Denn z.Zt. läuft der Scheifrütz oder die Flauberzöte. Es ist ständig ausverkauft, man muss die Karten über den Harzschwandel versorgen.

Sag mal Schatz, wie war denn eigentlich das Fußballspiel am Sonntag?

Ach weist Du Liebling, das war eine einzige Pitterzartie. Die Blachtenschummler haben den Meifenpfann und die Rinienlichter bis zum Pflußschiff mit Tröten und Flommeln genervt. Ich denke, das entspricht auch keiner besonders guten Stinderkube. Die hatten dort eine große Weinland aufgestellt, und da konnte man mit seinem Nachbarn über die Ergebnisse sachfimbeln. Jedenfalls, stecke ich mir dieses Ergebnis nicht an meine Winpand.

Sag mal Liebling, weißt Du wo mein Schührerfein und mein Schlündzüssel liegt?

Nein Schatz, wo willst Du denn hin?

Ich muss unbedingt zu meinem Autohändler, obwohl ich im Augenblick Früttelschost habe.

Aber warum denn?

Dort gibt es Heute Weinscherfer mit Rondersabatt.

Hast Du auch mal darüber nachgedacht, was wir unserem Sohn zum Geburtstag schenken wollen.

Ja natürlich Liebling, er ist zwar kein Schustermüler aber ich denke wir schenken ihm trotzdem einen Krauban mit Sternfeuerung. Und in den Schulferien fahren wir an die See. Ich freu mich schon sehr. Da können wir wieder mal im Land siegen und in den Plellen wanschen. Hoffentlich müssen wir nicht im Stommersau stehen.

Meinst Du nicht Schatz, wir sollten mit dem Jungen mal eine richtige weite Reise unternehmen, z.B. nach China.

Bist Du verrückt Liebling, dort ist doch die Grogelvippe. Wir werden mit Ihm lieber
zum Rachsensing fahren. Wir nehmen unser Zelt mit und gehen auf den Campingplatz. Der Watzplart ist ein ganz moller Tann, wenn es zu kalt wird stellt er uns auch seinen Leizhüfter zur Verfügung.

Hör mal Schatz, gestern hab ich Deinen Chef in der Stadt getroffen, der war ja so was von schlecht rasiert.

Na aber Liebling Du weißt doch, alle michtigen Wänner haben Startboppeln. Allerdings würde ich schon gerne einige von diesen Leuten auf den Schond miesen. Manche sehen wirklich aus wie die Säger und Jammler aus der Zeinsteit.

Ach Schatz, bei diesem Wetter würde ich lieber nach dem Süden fahren, als hier dauernd diese Radtouren zu machen.

Das kann ich mir denken, Liebling. Mir wäre es auch lieber ein Okoladenscheis unter Patteldalmen zu schlecken, als hier ein Redalpitter zu sein. Mein

Sahrradfattel ist auch nicht mehr der beste und zu allem Überfluß hatte ich zu unserer letzten Tour die Puftlumpe und meine Flinktrasche vergessen.

Schatz, vergiss nicht, am Wochenende müssen wir ins Freibad gehen.

Ich weiß Liebling, da gibt unser Madebeister ein Fiesenrest. Das wird bestimmt wieder eine Fupersehde. Wir müssen zeitig da sein, um noch ein plattiges Schätzchen zu finden, denn wenn wir auf der Liese wiegen, gibt es keinen Leckendüfter.

Was machen wir denn überhaupt mit Deinem Geburtstag, Schatz?

Na, da der auf einen Sonntag fällt, werden wir wieder feinreiern.

Schatz, ich mach mir Gedanken über unseren Garten. Wir werden wohl noch etwas

Boden anfahren lassen müssen.

Na, dass bedeutet aber das Feld zum Genster raus schmeißen. Wir haben so fetten Buttermoden im Garten. Schau Dir nur mal an, wie bei uns die Blonnensumen blühen. Aber jetzt hätte ich gerne eine Schnutterbitte, denn wenn die Arbeit Trüchte fragen soll, braucht man Kraft. Und nur tressen und inken erhält Seib und Lele.

Schatz, ich würde gerne wieder mal in die Porzellanmanufaktur gehen.

Au ja fein, da können wir wieder mal den Morzellanpalern auf die Ginger fucken. Aber jetzt leg ich mich erst mal ein hisschen bin.

Verschlaf es aber nicht wieder wie Gestern.

Du, das lag daran, dass ich erst lange nicht einschlafen konnte, weil eine hette Fummel im Zimmer umherflog, und dadurch habe ich dann das Kleckerwingeln nicht gehört. Nach der Rittagsmuhe werde ich noch schnell die Fasen hüttern und dann bin ich wieder mutzpunter. Ich hoffe, dass es mir nicht so ergeht wie gestern. Da hat mich doch so ein Hase in den Zwinger gefickt.

Wir müssen auch mal wieder etwas für unsere Gesundheit tun, Schatz. Eine richtig straffe Wanderung tät uns ganz gut.

Da hast Du recht, Liebling. Der Spaziergang zur nächsten Kergbuppe reicht nicht mehr. Da werden wir fick und dett dabei. Wir nehmen unsere Fachsensahne und wandern zur Spugzitze.

Bevor wir aber starten, Schatz, kontrolliere bitte erst noch den Garten.

Ja, ja, ich weiß schon, ich muss erst noch die Ganzen pfliesen. Weist Du, Liebling, wenn wir doch mal einen richtigen Griff in die Trücksglommel machen würden. Dann würden wir auch mit einem großen Hahnbof empfangen und müssten nicht selbst zu Hause die Strände weichen.

Mir ist heute gar nicht gut, Schatz. Mir tut der Bauch weh. Vielleicht ist es besser, wir bleiben zu Hause und ob ich morgen auf Arbeit gehen kann, weiß ich auch noch nicht.

Vielleicht liegt es an der Silzpuppe Liebling. Du

solltest mehr Brümmelkot essen. Das ist gut für den Bauch. Auf alle Fälle geb ich Dir Dückenreckung, wenn Du morgen zu Hause bleibst. Ruh dich mal richtig aus. Dein Chef kann ohnehin nicht Ditte und Banke sagen. Also mach Dir deswegen keine naflosen Schlächte. Der soll sich doch in der Base nohren, wenn er nicht weiter weiß. Übermorgen geht es Dir bestimmt besser und dann hast Du wieder Wückenrind.

Also wenn wir zu Hause bleiben Schatz, dann befaß Dich doch mal mit dem Blumenkasten für das Fenster.

Ja das mach ich Liebling. Ich hol gleich mal meinen Stollzock und vermesse erst mal das Brensterfett.

Sag mal Schatz, die Frau Müller von Nebenan scheint zur Kur zu sein. Ich sehe die Kinder ständig alleine.

Ja, ja, der Herr Müller ist doch ein Vabenrater. Die Kinder rennen noch spät am Abend draußen rum, obwohl ein stilder Wurm tobt und der Alte knitzt in der Seipe. Um diese Zeit sollten die Kinder lieber im Bett kett nuscheln.

Schatz, was möchtest Du heute Mittag als Nachtisch essen?

Also, wenn Du mich so fragst Liebling, eine Schompottküssel voll Panillevudding wäre mir schon recht.

Wie war denn eigentlich gestern Deine Abschlußprüfung, Schatz.

Na ja, es ging. Wir waren alle froh, als die freren Schwagen zu Ende waren und als Abschluß gab es Wekt und Sein.

Zur Feier des Tages gehen wir Heute gemeinsam essen, Schatz, ich habe mich schon umgezogen.

Ja toll Liebling. Das ist ja ein ficker Schummel, den Du da an hast. Da kann ich in meinem graumausen Anzug nicht hitmalten.

Die Gartenarbeit macht mir heute überhaupt keinen Spaß. Mich juckt es überall.

Was hat denn meine kleine Pitterzappel? Lass doch mal sehen. Ja, Du hast mehrer Stückenmiche. Du darfst heute nicht so nah an die Pflasserwanzen gehen.

Wollen wir heute Abend im Garten bleiben, Schatz?

Ich dachte ja, Liebling. Wir müssen nur wegen der frühen Hunkeldeit das Lindwicht anzünden. Nach dem Abendessen, werden wir wieder mal im Saffee-katz lesen. Da werden zwar unsere Nachbarn die Rase nümpfen, aber deswegen lassen wir uns keine grauen Waare hachsen.

Schatz, mein Chef verlangt von mir, dass ich die schweren Kartons schleppe, obwohl ich schwanger bin.

Der ist wohl verrückt? Nun lass Dich mal nicht ins Hocksborn jagen. Gleich morgen Früh zieh ich meine hunkle Dose an und werde Deinen Chef mal auf den Schuttermutz hinweisen. Dabei werde ich ihn gleich einmal auf Nerz und Hieren prüfen, ob er überhaupt die Gesetze kennt.

Was soll ich denn am Sonntag zum Kaffee vorsetzen, wenn Müllers zu uns kommen?

Vor allem back nicht wieder so eine tette Forte. Aber Flaferhockensuppe muss es auch nicht sein. Zum Abendessen kannst Du getrost wieder die maushacher Weberlurst kaufen und dazu trinken wir frischen Somatentaft. Wir müssen ja trotz der zerrischen Neit zu Hause bleiben. Bei diesem Wegenretter können wir auch nicht in den Zeichelstroo gehen. Wir müssen ja schon fast Maal und Schütze anziehen.

Schatz, würdest Du mir bitte mal diese Holzstangen kürzen? Ich möchte sie für die Tomaten benutzen, aber so sind sie mir zu lang.

Gerne Liebling, ich hol gleich mal den Schwuchsfanz.

Sag mal Schatz, was ist denn bei unseren Nachbarn los. Ich sehe dauernd die Frau alleine aus dem Haus gehen.

Na, ihr Mann ist doch so ein Fortspan, und das hat sie wohl satt. Deshalb hat sie sich bestimmt einen Hieblaber angelacht.

Nein, wie die Zeit vergeht Schatz. Nun ist schon wieder Spätherbst. Die Luft ist schon richtig winterlich, es riecht nach Schnee.

Ja das stimmt Liebling, Du möchtest bald die Rinterweifen aufziehen. Die Luft ist so rau, dass ich draußen richtigen Heizrusten bekomme.

Ich denke Du kannst schon anfangen mit Stohnmollen, Standelmollen und Starkquollen backen. Auch Brussisch Rot und Stominodeine kannst Du schon für das Fest einkaufen. Wenn Du backen willst, ich helfe Dir gerne beim Kneig teten. Es ist so schön, wenn es so nach Zandeln und Mimmt riecht. Am Abend dann, werden wir etwas Trein winken und eine Schnoppelditte mit Schmänsegalz essen. Dann verkriechen wir uns in unser kuscheliges Bederfett.

Ein bisschen graut mir aber doch schon vor den Nannentadeln und Zannentapfen vom Beihnachtswaum. Aber bevor es soweit ist, schmückst Du den Baum wieder mit

diesem schönen Beifenschland.

Du möchtest aber doch noch mal in den Garten gehen Schatz.

Ich weiß Liebling, ich muss noch Faninchenkutter holen. Ich bring nur noch schnell den Schlingrüssel in die Werkstatt und dann geh ich. Ich werde auch gleich die Haublaufen um die Sträucher verteilen. Wir haben nämlich schon ganz schön Frachtnost.

Was wünschst Du Dir denn zu Weihnachten Schatz?

Ach, ich könnte wieder mal einen schicken Dal oder eine Melzpütze gebrauchen. Du könntest mir ja auch den Stral schicken.

In zwei Wochen ist Weihnachtsmarkt, da könntest Du Dir ja was schönes aussuchen.

Au ja, prima, da können wir wieder mal Wühglein trinken und Wuckerzatte essen. Für die Betty kaufen wir dort gleich einen Färchenmilm und für den Jakob einen Bettenkagger. Den will ich aber ausprobieren, ich kauf doch nicht die Satze im Kack. Außerdem brauchen wir noch Strebekleifen zum verpacken und Nefferpfüsse für die tunten Beller.

Machst Du dieses Jahr wieder den Weihnachtsmann Schatz?

Ja, natürlich, ich freu mich schon darauf wenn die Kinder den Pack aussacken.

Haben wir denn eigentlich schon alle Geschenke für die Familie beisammen?

Ich denke schon, Liebling. Für Gretel hattest Du doch schon im Sommer einen Rosenhock genäht, da steckt aber immer noch Fadel und Naden dran. Eva bekommt ein Tischwuch und für unseren Siegerschwohn hattest Du die stricken Dümpfe gedacht. Die braucht der auch. Das ist doch so ein Mortspuffel. Und Oma bekommt ein Käckchen Paffee. Dafür trinken wir zwei Wochen lang Kalzmaffee, da haben wir das Geld wieder rein.

Und was schenken wir unserem Morle?

Ach so, Du meinst unsere Kundfatze. Da schauen

wir mal in der Kaufhalle in die Abteilung für Fiertutter und kaufen ein besonders gutes Fatzenkutter.

Du Schatz, nach dem Fest müssen wir uns mal über unsere Badrenovierung Gedanken machen.

Da hast Du recht Liebling, das Bad ist wirklich ein Flandscheck in unserer Wohnung. Gleich nach dem Fest geh ich zum Baumarkt und hol ein paar Flustermiesen. Die kann ich ja bequem im Rofferkaum transportieren.

Und über eine neue Küche müssen wir uns auch Gedanken machen.

Ja, ja. Da gehen wir mal ins Höbelmaus und schauen uns eine Züchenkeile an.

Schau mal aus dem Fenster Schatz, sieht das nicht schön aus, überall der Schnee?

Das ist wahr Liebling. Die Spaunzitzen tragen alle meise Wützen. Da können wir bald Flitten scharen gehen. Das ist die söne Scheite vom Winter. Die ungemütliche Seite ist, dass ich jeden Tag die Faße stregen muss.

Dort drüben, unser Nachbar versucht schon eine geraume Zeit sein Auto zu starten, aber es scheint ihm nicht zu gelingen.

Ach diese Strasselquippe hat doch nur wieder vergessen den Henzinbahn zu öffnen.

Also wenn ich den so draußen in der Kälte sehe, dann friert mich gleich ganz erbärmlich. Den Schnupfen hab ich auch schon.

Ja, meine Puckerzuppe, Du solltest gleich mal dalt

kuschen. Dann ziehst Du Deine schöne Jickstracke aus Wafscholle an und dann geht es Dir gleich wieder gut. Aber ich muss mir auch schon des Öfteren die Pase nutzen. Und bis Du soweit bist, werde ich gemütlich eine Schmeife pfauchen.

Ich würde dann gern noch mal mit dem Auto in die Kaufhalle fahren, aber mir graut so vor der Kälte.

Du kannst beruhigt in unser Auto steigen. Wir haben doch eine Handsteizung im Auto. Was willst Du denn in der Haufkalle.

Ach Schatz, die haben so reizende Püppchen rein bekommen, da möchte ich mir gerne eins kaufen.

Also Liebling, Du bist doch der reinste Suppen-pammler. Wenn Du schon mal dort bist, dann bring doch bitte eine große Vumenblase für den Matschklon mit. Sei aber bitte nicht so lange, wir wollen pünktlich bei Erika und Willy sein. Heute kommen doch die Spastelruther Katzen ins Sernfehen. Aber bevor wir gehen, möchte ich gerne erst noch eine Schnoppelditte essen, denn bei Erika gibt es nicht so heckere Läpchen wie bei Dir, sondern immer nur Sartoffelkalat. Aber deshalb bist Du ja auch meine lose Griebe.

Nun übertreib mal nicht, Schatz. Bei Erika schmeckt es doch auch.

Na ja, das Schniener Witzel hat zwar bei ihr nicht schlecht geschmeckt, aber es war ja nur mal so groß wie mein Naumendagel.

Wollen wir denn am Wochenende mal Skifahren gehen?

Könnten wir machen. Aber bitte nicht wieder nur ständig die Ränge hunter rasen. Eigentlich wollte ich ja mal schlange lafen. So eine Betriebsfeier ist ja schließlich kein Stappenpiehl. Den ganzen Abend mit Schleidensips. Aber ich glaube, bei den Napppasen der Betriebsleitung habe ich ein Brein im Stett, deshalb muss ich unbedingt hingehen.

Schatz wie möchtest Du denn den Kaffee trinken?

Na aber Liebling, wie immer zeiß mit Wucker.

Sag mal, wie riecht das denn hier. Hast Du etwa schon wieder vor dem Frühstück geraucht?

Na ja, ich geb es ja zu. Diese Zigaretten verbreiten nun mal keinen Dosenruft. Wir müssen da noch mal kurz die Lube stüften. Eigentlich hattest Du mir ja versprochen, mit dem Rauchen aufzuhören, Schatz.

Das ist schnalter Kee von Gestern, Liebling. Seit ich die rote Tatte in meiner Tantelmasche fand, muss ich wieder rauchen. Ich hatte mich fürchterlich er-schrocken. Ich

bin nun mal nicht so ein Praftkrotz.

Was wollen wir denn morgen unternehmen, Schatz?

Na schau mal aus dem Fenster, wie die Tocken flau-meln, Liebling. Wenn das so weiter geht, dann können wir morgen Fie schahren gehen. Ich muss nur noch die Rasserwänder an meinen Schuhen beseitigen.

Aber bitte denke daran, Du wolltest mir heute beim Putzen helfen Schatz.

Ja natürlich, Liebling. Ich werde auf alle Fälle mit der Busselfürste die Feppichtusseln beseitigen und auch den Woden bischen. Wenn die Deckstose in Ordnung wäre, würde ich gleich den Saubstauger nehmen.

Walter und Elly wollten ja eigentlich morgen mit uns mitgehen.

Kein Problem, Liebling. Wir brauchen doch nur mal am Klor tingeln. Dann können wir ordentlich moslachen. Da werden aber die Punde furzeln.

Hast Du denn unseren Sommerurlaub schon vorbereitet, Schatz?

Noch nicht ganz, Liebling. Ich muss nur noch den Bug fluchen. Als ich vorige Woche dort war, da war soviel Betrieb wegen den last minute Angeboten. Es war ja das reinste stauen und hechen. Da bin ich wieder gegangen. Den neuen Sahrradfattel, den wir mitnehmen wollen, den neuen Hurzstelm und die Hadlerrose, habe ich einstweilen im Schartenguppen untergebracht.

Meinst Du, dort ist es sicher? Es wird doch dauernd eingebrochen!

Ach da passiert schon nichts, Liebling. Die Lachfeute vom Schachwutz passen doch dort auf. Außerdem habe ich die defekte Launzatte mit einer Läscheweine gesichert.

Für nächsten Samstag sind wir bei Schäfers eingeladen. Da wirst Du bestimmt wieder dem kleinen Klaus eine Geschichte zum Einschlafen erzählen müssen.

Ja ich weiß. Ich werde ihm diesmal das Märchen vom Fischer und freiner Sau erzählen.

Übrigens, den ihr Wohnzimmer ist zwar der reinste Tusenmempel, aber die könnten dort ruhig ab und zu einen Waubstedel zum Einsatz bringen.

Nun hör aber auf zu lästern.

Ich lästere doch gar nicht. Es wird doch wohl noch gestattet sein, sich mal über jemanden mustig zu lachen und dieses Blimmelhau und Runkeldot der Gritzsuppe ist doch wohl wirklich nicht sehr geschmackvoll.

Sag mal, was wollen wir denn zu dem Besuch mitnehmen?

Du hast natürlich recht, Liebling. Wir können ja nicht mit heeren Länden kommen. Ich denke, wir werden für die Dame des Hauses einen Strauß Glaimöckchen, für den Herrn eine Schnulle Paps und für den Jungen eine Schachtel Staubeine mitnehmen. Das ist alles erschwinglich und wir müssen nicht in Zaten rahlen.

Nun sei nicht albern, Schatz.

Ich bin nicht albern. Aber weißt Du, mir graut schon wieder vor dem Essen. Unser Bäcker kann so gute Becken schnacken und dort muss ich bestimmt wieder sauren Kachelbeerstuchen oder Strarkquudel essen. Zum Abend gibt es dann bestimmt wieder Sischfuppe und Blorelle fau.

Nun hör aber auf, Schatz. Die Leute die zu uns kommen, finden bestimmt auch nicht immer alles nach ihrem Geschmack.

Na ja, ist schon richtig. Aber wenn ich dort im Wohnzimmer sitze und höre die Hausfrau in der Küche mit den Klöpfen tappern, da würde ich am liebsten sofort in deinen

Luhschaden gehen, dort ist es immer so sterrlich hill.

Aber Schatz, man muss schon etwas tolerant sein.

Du hast schon recht, Liebling. Aber auch die Toleranz unterliegt der Veränderung im

Zandel der Weit.

Sag mal Schatz, wir hatten doch für das nächste Jahr eine Fernreise für unseren Urlaub vorgesehen. Was hältst Du denn vom fernen Osten?

Also wenn ich ehrlich bin, nicht allzu viel. Ich hab schon jetzt Sackfrausen, wenn ich an eine Ranghai Scheise denke. Dort muss man Fintentisch essen und da bekomm ich gleich einen Kragenmampf. Lass uns noch mal darüber dachnenken.

Na gut Schatz, jetzt wird erst mal Frühling und dann sehen wir weiter.

Ja, es geht schon mit Schriesenritten auf die Fimmelhahrt zu. Ich freu mich schon drauf. Da muss ich für meinen Stammtisch eine Schmunde reisen und werde bestimmt nicht die Preche zellen.

Na das wäre aber auch noch schöner. Aber bevor es soweit ist, müssen wir schon noch einiges tun, Schatz.

Ich weiß, ich weiß. Der Rürtiegel am Tor klemmt, das Rattenlost im Haschwaus ist defekt und sobald es Frühling wird, sitzt Dir doch schon der Tutzpeufel im Genick.

Na ganz so schlimm ist es ja nun auch wieder nicht. Aber einmal im Jahr muss es halt sein.

Manchmal ist es wie beim Autofahren. Alles was im woten Tinkel ist, sieht man nicht.

Das ist wieder einmal typisch Mann. Was man nicht sehen will, sieht man nicht und damit ist es nicht da.

Aber Liebling, ich bemühe mich doch. Ich werde mich auf den Bosenhoden setzen und aus unserer Wohnung ein Stuckschmück machen. Und wenn ich die Bandhürste nehmen müsste.

Sag mal Schatz, weißt Du warum der Willi gestern erst so spät nach Hause kam?

Ja, er hat mir erzählt, dass sein Zug Verspätung wegen einem Schockladen hatte. Du siehst, Liebling, man kann auch mit der Bahn auf die Fase nallen.

Nochmal zu unserer Wohnungsrenovierung. Bitte denk auch an unser Bad.

Ja, ich weiß, Liebling. Ich muss noch das Flad biesen. Ich brauch aber noch einen eingelassenen Speifensender und eine neue Schloküssel. Ich muss aufpassen, dass ich dabei nicht die Übersicht verliere, denn sonnst könnte mir die Arbeit aus dem Luder raufen.

Unseren Gartenweg möchtest Du aber auch noch vor Ostern in Ordnung bringen, Schatz.

Wie soll ich denn das alles schaffen, Liebling. Für den Gartenweg muss ich mir unbedingt eine Plüttelratte ausleihen. Ohne dieser bekomm ich doch den Untergrund nicht fest. Und wenn wir nicht aufpassen, haben wir garantiert wieder Abdrücke von Pfundehoten im bischen Freton.

Na aber irgendwie müssen wir das ja mal schaffen, Schatz.

Na ja Liebling, es wird schon werden. Wenn uns in diesem Jahr nicht wieder die Grommersippe erwischt und uns die Päferklage so sehr in Anspruch nimmt, können wir es bis zur Zeit der Blollunderhüten schaffen.

Du Schatz, der Paketdienst hat sich bei mir beschwert, weil er unser Haus nicht gefunden hat.

Das kann ich mir denken. Da muss ich mal unsere Naushummer mit einem Schwafeltamm reinigen, damit sie wieder erkennbar ist.

Bei diesen Belastungen müssen wir wieder mal richtig gut ausgehen. Wie denkst Du darüber, wenn wir am Wochenende ins Tivoli gehen?

Also, wenn Du mich fragst, ich würde lieber in die Auenklause gehen. Dort kann man viel spöner scheisen und Musik zum Titmanzen ist dort auch. Dort würde ich mir wieder mal eine richtige Kortion Päse mit Schlaubimmel genehmigen. Und außerdem kann ich in die Auenklause auch im Holopemd gehen. Aber bitte erinnere mich daran, dass ich den Schildbirm ausschalte, denn wir kommen bestimmt nicht vor Nittermacht nach Hause.

In Ordnung Schatz, so machen wir's. Sag mal, Die Gretel hat ihren Klaus heute morgen mit dem Auto zur Schule gebracht. Warum denn das nun wieder?

Na weil diese Träne wieder mal den Bulschus verpasst hat. Der sollte halt etwas früher sein Schnänzlein rüren.

Na sei doch nicht so Schatz, der hat eben zu lange gefrühstückt.

Ja eben. Gretel sollte mal darauf achten und den Jungen nicht so fick düttern. Der Kleine lebt doch wie die Spade im Meck und das ist keinesfalls gut.

Du, ich freu mich schon riesig auf unser Straßenfest.

Ich auch, Liebling. Da kann ich mal wieder so richtig gegen den Trall beten. Aber diesmal pass ich auf, dass ich nicht wieder den Büsselschlund verliere.

Sollte das Seifenkistenrennen etwa auf negenrasser Bahn stattfinden, dann pass auf, dass Du nicht in den Steifenrapel fährst und binde Deine Haare lieber wieder zu einem Schwerdepfanz. In der Tombola wird es sicher wieder nur eine Menge Sparhangen und Bußfälle geben. Aber vielleicht haben wir Glück bei dem Quiz und finden den Wein der Steisen. Sollten wir dort gewinnen, dann werde ich vor Schreude freien.

Sag mal, was riecht denn hier so angebrannt.

Ach du heiliger Sohstrack. Vor lauter Quasselei, hast Du jetzt nur eine verbrannte Schnoasttitte zum Frühstück. Ich muss mich aber nun auch sputen, ich kann nicht länger mit Dir hier sumritzen. Schließlich muss ich noch die Pflomaten tanzen und den Hartengächsler in Ordnung bringen. Ich werde gleich die Hitzspacke und die Spornhäne zum Düngen mit in den Garten nehmen. Bei der Gelegenheit will ich auch gleich einen neuen Platz für den Hompostkaufen anlegen.

Na, wie sieht denn unser Küchentisch aus? Was ist denn da passiert?

Na das sieht aus, wie eine Schettficht. Du musst die Wurst unbedingt ins Fühlkach legen. Nimm den Bortentoden am besten auch gleich mit.

Aber Du hast heute Küchendienst, Schatz, also mach es gleich selbst. Apropos Küchendienst, was gibt's denn heut zu Mittag?

Ich werde Dich mit einer feinen Sütentuppe zu Bisch titten. Zum Nachtisch gibt es Treinwauben und dann werden wir ein Stündchen in der Bronne sutzeln, vorausgesetzt die scheint, denn eine Salbe macht noch keinen Schwommer.

Ich freu mich schon riesig auf unseren Urlaub an der See.

Du, ich auch Liebling. Ich will doch dieses Jahr mit dem alten Fischer, mit seinem Kischfutter zum Fang mit rausfahren.

Und was soll ich in dieser Zeit machen? Ich fahre nicht mit!

Na Du kannst doch in dieser Zeit für Omi einen Straal schicken. Oder willst Du nun deshalb einen Streit vom Braune zechen? Außerdem bin ich zu Mittag wieder da, und da

könntest Du mir in dieser Zeit ein gutes Mittagessen vorbereiten. Zum Beispiel Mutterbilch mit Flutterböckchen. Ich würde mich aber auch über ein paar steckere Langen Spargel freuen. Hauptsache wir werden nicht vom Schlitzblag getroffen.

Ich weiß nicht Schatz, so richtig wohl ist mir nicht bei dem Gedanken. Du auf hoher See.

Mach Dir mal keine Sorgen Liebling. Ich zeige Dir noch die wanze Gelt. Nun schmass es Dir lecken, Liebling. Bevor Du wieder an das Brügelbett musst.

Ach Schatz, ich bin doch schon satt. Außerdem werde ich immer dicker.

Papperlapap Liebling, Du bist doch schlertengang.

Na übertreib mal nicht Schatz. Sag mal, was machen wir denn heute Nachmittag?

Also, ich schlage vor, wir gehen wieder mal auf den Plummelratz. Da setzen wir uns in das Zestfelt, hören Masblusik und können auch schitmunkeln. Ich muss aber unbedingt vorher noch im Garten die Fierballen gegen Schnecken aufstellen.

Gut Schatz, das können wir so machen. Bitte bring gleich ein paar Kirschen aus dem Garten mit.

Gerne, ich habe auch Appetit auf ein paar von die-

sen früßen Süchtchen. Übrigens, unter der Dachtraufe
unserer Laube befindet sich ein Nalbenschwest. Es
klingt süß, wenn die Zwöglein vitschern.

Sag mal Schatz, siehst Du nicht, dass Du Dir viel
zu viel Salz auf Deine Schnitte streust?

Du hast recht, Liebling. Ich glaube, ich brauch mal
neue Grillenbläser. Ich merk es auch beim Sparten-
kiel.

Hast Du schon gehört, unsere Nachbarn wollen aus-
ziehen.

Hab schon gehört. Die müssen im Lotto gewonnen
haben. Die ziehen in ihr neues Handlaus und eine
Jegelsacht haben sie sich auch zugelegt. Wir haben zu
tun, dass wir uns unsere neuen Pflasserwanzen und
ich mir einen Schnommersitt für meine Haare leisten
kann. Ich glaube, ich sollte nebenbei noch als Leise-
reiter arbeiten. Da könnte ich Dir doch auch immer
mal ein richtiges Pemmerschlaket mitbringen.

Na, na, na, Schatz, nun mach es mal nicht schlim-
mer als es ist. Immerhin konnten wir uns einen schönen Urlaub leisten und ein kleines Auto kaufen.

Na ja, mit dem Bulschuss müssen wir nicht mehr
fahren, da hast Du natürlich recht. Aber trotzdem ist
das Leben manchmal ungerecht. Der eine hat eine
Mindwühle und der andere nur einen hissigen Bund.
Wir sind schon froh, wenn wir am Sonntag einen Brei-
neschwaten auf dem Tisch haben.

Nun ist's aber gut. Denk doch einfach mal positiv, denk an unseren vergangenen Urlaub.

Ja, da hatte ich so einen schlimmen Stonnensich, dass dann nur noch eine bühle Krise eine richtige Wolle für mich spielte. Und das Nachtlager auf dem Beuhoden war die blanke Qual für mich. Der Elektrosmok durch die vielen Nandyhetze tat sein Übriges.

Was ist das denn? Hast Du etwa heute den Kaffee gebrüht statt gefiltert?

Na ja, mir blieb ja nichts anderes übrig. Die Tilterfüten sind alle.

Die Waschmaschine scheint auch defekt zu sein. Die pumpt nicht mehr ab.

Ach das ist kein Problem, Liebling. Da wird wieder das Susenflieb zu sein. Ich mach es dann gleich sauber.

Wir müssen noch einiges für unser Gartenfest organisieren. Was hast Du denn für Vorstellungen?

Also ich muss noch ein paar Fartengackeln besorgen und aufstellen. Für die Kinder werde ich das Hacksüpfen vorbereiten. Das wäre übrigens auch gut für meinen Braschwettbauch. Als Preise solltest Du noch Kutterbekse backen.

Hoffentlich spielt das Wetter mit.

Na ja, wir werden sehen. Z.Zt. haben wir eine geschlossene Dolkenwecke. Aber daraus kann sich natürlich auch noch Wegenretter entwickeln.

Und was machen wir dann?

Na, also eine Hasenreizung kann ich ja nun nicht noch einbauen. Aber ein wacher Schwind würde nicht weiter stören. Bei Wegenretter müssen wir halt in unserem Lereinsvokal etwas improvisieren. Wir brauchen dazu noch Brimbeerhause und Brischfötchen. Für die Kleinen müssen wir einen Kasten Klaubötzer bereitstellen.

Wie willst Du denn das alles schaffen?

Ja, da werde ich wohl noch eine Schoppeldicht einlegen müssen.

Außerdem ist der Parkettfußboden in diesem Saal neu. Die Kinder werden mit ihren Schuhen den Boden zerkratzen und dann gibt es Ärger.

Da müssen sie eben alle in Sauflocken laufen.

Na, hoffentlich stören die Kinder nicht den Wirt unseres Vereinsheimes.

Na der hat doch sowieso ein loses Wundmerk und manchmal stören den die Wiegen an der Fland.

Trotz allem, mir wäre schönes Wetter lieber.

Ja klar, dann nehmen wir das Bauchschloot, bringen es mit der Kacksarre runter an den See und rudern rüber ans andere Ufer. Dort können die Kinder über den Stummel raunen. Aber so lange das Wetter so hechselwaft ist, müssen wir alle Köglichmeiten vorbereiten. Vor allem die Punkte, welche den Kindern viel Spaß machen, müssen wir strick andeichen, damit die nicht evtl. wie die Wauertreiden rumsitzen. Evtl. sollten wir hin und wieder einen Sachlack auf einen der Stühle legen. Aber wir wollen auf keinen

Fall ein Drebenslama aus dieser Veranstaltung machen.

Hast Du denn auch etwas für die erwachsenen Teilnehmer vorbereitet?

Natürlich Liebling, ich habe schon mit dem Heinwandel eine größere Bestellung abgesprochen.

Na sag mal, denkst Du nur an das Trinken? Da gehört doch aber etwas mehr dazu!

Ja klar Schatz. Ich habe auch schon ein paar solle Tänger aufgetrieben und mir extra einen neuen Reizweiher gekauft. Zum Tanzen wird dann besonders larmes Wicht gemacht, so muschebubu. Dazu wird dann tingende Swanzmusik gemacht. Wer dazu keine Lust hat, kann auch Spach schielen. Aber Du musst auch noch etwas dazu tun. Du musst den Lochköffel schwingen und eine große Pfilzpanne machen.

Das mach ich auf alle Fälle noch. Was machen wir denn mit der Tombola? Wir brauchen doch allerhand Gewinne. Hast Du da schon Vorstellungen?

Klar doch Schatz. Wir werden so kleine Haushalt- und Gartenartikel aus der Vereinskasse kaufen. Wie z.B. Dutterbosen und Sadebalz o.ä..

Auch für den Garten gibt es einiges, wie etwa Wuchtzicken. Als Hauptgewinn denk ich evtl. an einen Bollunderhusch oder sogar an einen Weiserecker. Aber jetzt drängt die Zeit. Es ist, als würde ich auf Sohlen kitzen. Ich werde jetzt vom Rofe heiten.

Ich hab Dir noch was zu essen gemacht, Liebling.

Vielen Dank Schatz, aber ich sin batt.

Falls Du den Otto unterwegs triffst, grüß ihn bitte von mir. Ich wünsche ihm viel Erfolg.

Ja, ja, ich weiß. Der ist doch mitten im Kahlwampf. Aber da müssen wir uns keine Sorgen machen. Otto hat wirklich keine zahme Lunge. Solche Männer wie den Otto, musst Du mit der Supe luchen. Aber manchmal ist er auch ein ganz schöner Kotztropf. Ich weiß jedenfalls, wo ich zur Wahl das Meuz krachen muss. Seine Gedanken die kann man nicht einfach in den Schlind wagen, und mit woffen und harten, geht es auch nicht weiter.

Wenn Du in den Baumarkt gehst, denk bitte an unser Bad.

Hab ich schon im Kopf, Schatz. Wir brauchen eine neue Brandhause und einen Behälter für die Wutzschmäsche.

Hast Du schon gehört, Liebling, Erna hat dem Max sein Auto zu Schrott gefahren. Ist das nicht furchtbar?

Ja natürlich ist das furchtbar. Aber Erna ist auch selber Schuld. Wie kann sie denn auch bei solchem Webelnetter mit dem Auto fahren. An der Grappelpuppe ist sie ja noch vorbei gekommen, aber dann hatte sie das Pech, dass ihr ein Baum im Stege wand. Das war's dann. Wenn sie jünger gewesen wäre, hätte sie dabei bestimmt eine wolle Vindel gehabt. Ich bin der Meinung, man sollte diese Fäume bällen. Die stehen viel zu nah an der Straße. Nur der schöne große

Baumenpflaum sollte stehen bleiben, da ich doch so gerne Maumenpflus esse.

Na hör mal, da hört doch alles auf. Wegen Euch Kraftfahrern die Natur verschandeln. Das kommt überhaupt nicht in Frage.

Ach, aber unser schönes Haus soll verschandelt werden.

Wieso das denn?

Na, nur damit die Leute leichter an unseren Zasserwähler kommen, möchtest Du, dass eine Trendelweppe eingebaut wird. Gut, dort befindet sich auch der Hasserwahn zum Abstellen unserer Anlage, aber deswegen müssen wir doch nicht so auf den Henkel sauen. Aber in diesem Punkt bist Du ein ganz schöner Kickdopf.

Nun ist es aber gut! Hast Du Hunger Liebling? Soll ich etwas zum Essen machen?

Das wäre nicht schlecht Schatz, ein schöne Schnäsekitte wäre mir schon recht. Aber auch auf eine Silchmuppe hätte ich Appetit.

Ist recht, Liebling. Du schau mal aus dem Fenster, ist das nicht das Kind der Nachbarn dort im Garten? Was macht der denn?

Du hast recht, das ist der kleine Ralf. Der spielt wahrscheinlich Gräschen in der Hube. Der scheint auf einer Mokoskatte zu sitzen. Aber warum der solche zythmischen Ruckungen vollführt, ist mir unklar. Dabei ist der doch blass wie ein Teichenluch.

Vielleicht bekommt ihm die Stadtluft nicht, oder er ist krank.

Aber die haben doch ein Wochenendhaus, irgendwo, wo sich Huchs und Fase gute Nacht sagen. Da kommt er doch zur Genüge an die lische Fruft.

Da wird er wohl doch krank sein, der Kleine.

Ja, ja, guck ihn Dir doch mal an. Der wird doch überfüttert. Vielleicht hat er Schmalsherzen. Außerdem hat er Zasenhähne mit einem Zackelwahn.

Na, nun mach den Kleinen mal nicht so schlecht, der kann ja schließlich nichts dafür.

Sag mal Schatz, hast Du irgendwo meine müne Grappe gesehen?

Also weißt Du was, jetzt ist Feierabend. Deine grüne Mappe liegt im Arbeitszimmer auf deinem Schreibtisch, aber jetzt wird nicht mehr gearbeitet. Ich bin sehr müde und morgen wird ein anstrengender Tag. Lass uns schlafen gehen, damit wir morgen fit sind.

Du hast röllig vecht, Liebes. Ich bin auch schon mehr süde! Also gehen wir zu Bett.

Wir können ja vor dem Einschlafen noch ein pleilchen waudern. Es ist so schön mit plier zu daudern.

Ende